CATULLE BLÉE
(Jules Le Roy)

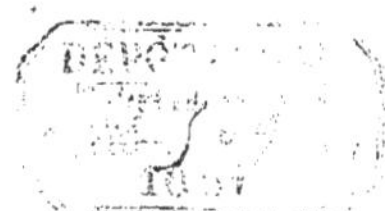

Scapin Commissaire

SCAPIN COMMISSAIRE

Comédie en un acte et en vers,

Représentée pour la première fois, à Rouen,

sur le Théâtre des Arts, le 18 novembre 1891.

Direction : F. DURIEZ.

CATULLE BLÉE

SCAPIN COMMISSAIRE

Comédie en un acte, en vers

ROUEN

IMPRIMERIE ESPÉRANCE CAGNIARD

88, rue Jeanne-Darc, 88

1891

PERSONNAGES :

Marton................ Mlle YVONNE MERYEM.

Scapin .... M. CHARLES ROLLAND.

—)(—

SCAPIN COMMISSAIRE

La scène est à Paris vers 1760, chez la marquise de Rissac. Salon richement décoré. Porte au fond. A gauche, une cheminée. A droite, une écritoire.

SCÈNE PREMIÈRE

MARTON seule. — Au lever du rideau,
elle est au fond de la scène, près de la porte, et parle à la cantonnade.

Bon voyage ! Madame ! Et beaucoup d'agrément !

Descendant en scène.

La servante Marton reste pour le moment
Seule au logis ! Plus de valets ! Plus de maîtresse !
Quelle tranquillité ! La suave paresse !
Manger, boire, dormir ; dormir, boire et manger !
Ce n'est pas là travail dont je puisse enrager.
Pour huit jours la marquise est partie à Versailles.
De calme et de repos quelles franches ripailles !

6

Plus de : faites ceci ! Marton, faites cela !
Plus de Marton par ci ! Plus de Marton par là !
Aucun ordre !... Si fait ! Installer au service
Scapin, ce sacripant, fourbe, suant le vice,
Scapin, mon prétendu d'antan, mon fol amant,
Qui m'a si prestement quittée — au beau moment,
De retour à Paris, après deux ans d'absence,
Et que Madame engage aussitôt — sur séance !
Adieu, rêve doré de vivre sans souci !
Mon galant de jadis serait laquais ici !
Non ! non ! non ! non ! Comment résoudre le problème ?
Pour ce bandit fieffé, maigre comme un clou, blême
Comme un Pierrot, alors je ressentais chez moi
Ce qu'en parler fleuri l'on nomme un doux émoi.
N'était-il pas superbe en sa cape rayée
D'azur et de soleil ? La police effrayée
Se sauvait à son seul aspect ; les amoureux
L'adoraient, le sachant prêt à duper pour eux
Les Arnolphes jaloux et rosser les Gérontes !
Les cocus, les battus n'y trouvaient pas leurs comptes ;
A ses chausses jappant ainsi que des roquets,
Ils l'insultaient de mots lâches de perroquets ;
Et lui n'en devenait que davantage illustre,
Sa gloire à chaque affront prenant un nouveau lustre.
J'étais fière de son amour — et je l'aimais,
Pleine pour ce héros d'admiration. Mais
Bien que m'ayant promis jusques au mariage,
Soudain, voilà deux ans, il partit en voyage,

A la cloche de bois, sans fifres, ni tambours !
En vain, je l'attendis des jours et puis des jours !
Turlurette ! Monsieur Scapin courait le monde,
Fougueux explorateur de la machine ronde !
La Marton ? Eut-il le temps de s'en soucier ?
Il lui serait toujours facile d'oublier —
Probablement. Que non ! Voyez-vous le bon drille !
Les femmes ne sont point bêtes que l'on étrille !
Non ! Vous n'entrerez pas chez ma maîtresse ! Non !
Vertudieu ! Non cent fois ! Y perdrais-je mon nom !
Ah ! vous pouvez, monsieur Scapin, être la perle
Des serviteurs, discret, dévoué, — bref un merle
Blanc ! Vous n'entrerez point en service chez nous !
Et je n'ai plus souci que de ramer des choux
De vous voir me haïr — ou m'adorer encore :
Chaque nuit fait renaître une nouvelle aurore !

Scapin entre en scène sur ce dernier vers. Il s'arrête à la porte et
écoute Marton.

SCÈNE II

MARTON, SCAPIN

MARTON, sans voir Scapin.

J'épouserai, parbleu, le premier qui viendra !
Brun ou blond, jeune ou vieux, mince ou gros, il sera
Pauvre comme Job ou cousu d'or, que m'importe
Pourvu que vous restiez, cher Scapin, — à la porte ?

8

SCAPIN, à part.

Qu'entends-je ?

MARTON, comme ci-dessus.

Quel moyen ? Quelle ruse ? Comment
Le renvoyer ? Que lui dire ? Quel argument
Employer...

Comme frappée d'une idée subite.

Ah ! mais oui !

SCAPIN, même jeu que précédemment.

Quelle autre perfidie
Nous va-t-elle inventer pour cette comédie !

MARTON, de même. Elle va à l'écritoire et écrit la lettre suivante en
lisant au fur et à mesure :

« Marton, un valet du nom de Scapin se présentera à
« la maison pendant mon absence. Dis lui que je n'avais
« pas réfléchi l'autre jour, et qu'il m'est impossible de le
« prendre à mon service.

« Signé : MARQUISE DE RISSAC. »

Et le tour est joué ! Qui pourrait deviner
Quelle main a tracé ces mots, et soupçonner
Le faux ? Scapin ? Où donc a-t-il vu l'écriture
De madame ? Jamais en pareille aventure
Le diable n'assura si belle impunité !
Marton ! tu peux dormir avec tranquillité
Sur les deux.....

Apercevant tout à coup Scapin qui descend en scène comme s'il
venait d'entrer.

Ah ! Scapin !

SCAPIN.

Scapin même ! En personne !
C'est moi ! Sans m'annoncer ! Pas besoin que l'on sonne,
Le logis est ouvert; et ce n'est plus malin
D'arriver jusqu'ici que d'entrer au moulin !
Qu'un autre, s'il lui plaît, et voyage, et navigue !
Je reviens près de toi, comme l'enfant prodigue,
N'ayant plus qu'à t'aimer, ma divine Marton.
A Rome, à New-York, à Pékin, à Washington,
Je ne pensais qu'à toi, vois-tu, chère amoureuse.
Le ciel me rappelait la couleur bienheureuse
De tes yeux, le soleil celle de tes cheveux !
Je me prenais à te murmurer des aveux
Avec des mots très doux ; et la tête si pleine
De toi; comment pouvais-je admirer bois ou plaine,
Montagnes, océans et sites merveilleux !
Je te parlais, je te voyais, fermant les yeux
Parfois pour goûter plus complètement mon rêve !
Dieu merci, c'est fini, les voyages ! Oh ! trève
De courses folles par le monde : me voici
Revenu pour fixer mes penates ici.
Car nous voilà, tu sais, chez la même maîtresse.
Quelle existence de douceur et de tendresse !
Nous nous adorerons goulûment si tu veux !
L'hymen prochainement venant combler nos vœux,
Unira pour jamais l'une à l'autre nos vies.
Nous serons gras à lard, paisibles, sans envies !

J'eus tort de te quitter jadis si brusquement !
Je m'en accuse; et vois comme sincèrement
J'implore mon pardon ! Après tout, va, qu'importe ?
Que l'oubli loin d'ici sur ses aîles emporte
Ce mauvais souvenir, le seul, de notre amour !
Crois-moi : vite s'envole une peine d'un jour;
Quand les pleurs sont séchés triomphe le sourire !
Le printemps refleurit lorsque l'hiver expire !

MARTON, à part.

Pauvre garçon ! c'est vrai pourtant qu'il m'aimait bien !
Qui me fait hésiter maintenant ! Mon moyen
Me semble... Allons ! Allons ! assez de verbiage !
Qui donc l'a fait s'enfuir au temps du mariage ?

Haut, hypocritement.

Hélas ! Scapin, que les rêves sont décevants !
Les ailes du moulin tournent à tous les vents !
Comprends au moins combien ça m'est chose pénible
De venir t'annoncer nouvelle aussi terrible !
Certes, peut-être aurions-nous pu, comme tu dis,
Être ici tous les deux ainsi qu'au paradis,
Filer des jours tissés d'or, d'azur et de soie,
Vivre éternellement le cœur ivre de joie !
Mais madame ne peut te prendre pour valet.
De Versailles, j'en tiens ce mot, vilain poulet,
Qu'elle m'écrit.

SCAPIN, à part, prenant la lettre qu'elle lui tend.

Carogne ! Impudente coquine !
Gueuse ! Nous y voilà ! Quel désire me taquine

De te faire passer le goût de te moquer,
D'un de ces lourds soufflets que je sais appliquer !

Haut, feignant le plus violent désespoir, après avoir lu la lettre.

Ah ! Marton ! Qu'ai-je lu ? La chose abominable !
Suis-je un galeux infect ? Un criminel pendable ?
L'autre jour, c'était oui ! Ta maîtresse dit non
Maintenant! Ah! Marton! Marton! (A part). Fourbe! Guenon!
Traîtresse! L'important était d'avoir la lettre,
Et je l'ai ! Tu verras si je ne suis qu'un piètre
Imbécile ! Marton, tu sauras que Scapin
N'aime pas se laisser traiter en galopin !

MARTON.

Et quel coup combien plus mortel encor ne vais-je
Te porter ?

SCAPIN.

Qu'est-ce donc ? (A part). Gardons-nous à ce piège.

MARTON.

Marton ne peut aimer durant vingt-quatre mois :
Je vais me marier !

SCAPIN.

Que dis-tu ?

MARTON.
Mon minois

N'a pu te retenir, désertant nos rivages,
D'aller porter tes pas jusque chez les... sauvages.
Sur le fait, un amant est venu, jeune ardent,
Qui m'adore, — et l'hymen s'apprête cependant.

SCAPIN.

(A part). La pendarde ! (Haut). Que faire ! Amère destinée !
O sort trop rigoureux ! O vie infortunée !
Après avoir couru l'univers en tous sens,
Je reviens rêvant de ciels bleus éblouissants,
De bonheurs, de printemps, d'amour, d'une existence
Heureuse éperdûment, folle d'insouciance !
Et patatras ! Voilà mes châteaux de carton
Ecroulés subito ! Quel réveil ! Ah ! Marton !

MARTON, ironiquement.

Console-toi, Scapin ! Les morceaux de ta vie
Sont bons à ramasser. Quel valet sans envie
Pourrait te contempler ? N'es-tu plus celui-là
Dont chacun est jaloux et que nul n'égala,
Protecteur des amants et berneur de Gerontes ?
Relève-toi, vraidieu ! N'as-tu donc pas de hontes
De rester abattu sous un choc si léger ?
Si tu ne te sens plus le cœur à voyager,
Sois comme au temps jadis le serviteur fidèle
Dont l'astuce t'a fait une gloire immortelle !
D'autres belles sauront te consoler de moi !
Et plus tard l'on verra, fier, drapé comme un roi
Dans le bronze — ceci soit dit sans flatteries —
Scapin, le grand Scapin, Celui des Fourberies !

SCAPIN, d'un air accablé.

O destin trop cruel ! Tout envolé, parti !
Rêves ! Espoirs ! Amour ! Je n'ai plus qu'un parti

A prendre : me tuer !

Changeant subitement d'avis et d'une voix tonnante :

Ou mieux au commissaire
Aller de tout ceci faire un récit sincère !

Brandissant la lettre.

Ton faux...

MARTON, apeurée.

Comment sais-tu ?...

SCAPIN.

Je sais ce que je sais !
Et plus qu'il n'en faut pour te faire un bon procès !
Peste ! Signer ainsi du nom de ta maîtresse !
Ah ! Friponne ! Ah ! Matine ! Ah ! Coquine ! Ah ! Traîtresse !
Naïve qui prenait pour bel argent comptant
Mes pleurs de crocodile ! Ah ! Gueusarde ! A l'instant
Je t'apprendrai le prix de ma juste colère !
Vouloir jouer Scapin ! Va ton affaire est claire.
C'est la mort qui t'attend, sombre et sans compagnons,
Au fond d'un noir cachot fleuri de champignons !

Parodiant Marton dans sa tirade précédente.

Et nous verrons après, morbleu, si l'on se moque
De pareille façon, du héros qu'une époque
Célèbrera plus tard dignement en coulant
Son illustre portrait en bronze étincelant !

Il sort, Marton tombe anéantie dans un fauteuil.

SCÈNE III

MARTON, seule, reprend peu à peu ses sens.

Que va-t-il arriver ? Si je savais que faire
Seulement! Beau travail sur ma foi! Quelle affaire!
Je vais être en prison jetée atrocement!
Ce commissaire ? Quel est-il ? Facilement
Irritable, emporté, jurant comme un concierge,
Pestant comme un teuton, pour rien mettant flamberge
Au vent? Pauvre Marton! Et mon crime est flagrant,
Palpable, indéniable, affreux, déshonorant!
Toute espérance est vaine! Ah! Le maudit grimoire!
Il n'est que trop aisé de comprendre l'histoire!
Que dire ? Que faire ? Et comment m'innocenter ?
Des preuves ? Le faux est là ! Fuir ? Fuir ou rester ?
Non ! Non ! Fuyons ! (Scapin entre). Trop tard !

SCÈNE IV

MARTON, SCAPIN

Scapin, par dessus sa livrée de valet, est enveloppé des pieds à la tête,
d'une énorme cape noire. Épée au côté en dessous. Bicorne.
Perruque et longues moustaches grises.

SCAPIN, gesticulant.

La maraude impudique!
La chose est insensée, immense, fantastique!

Un faux ! Pour renvoyer Scapin ! Non ! La prison,
La cellule, le fouet, voire la pendaison,
Sont trop doux pour punir cette coquine infâme !
Les verges sans pitié ? La livrer à la flamme ?
Très vénérés aïeux, illustres policiers,
Célèbres chicaniers, huissiers, paperassiers,
Inspirez-moi !

MARTON.

Monsieur...

SCAPIN, l'évitant.

                    Fourbe ignominieuse !
Quelle torture atroce, infernale, odieuse,
T'infliger ? Quel tourment? (Criant :) Marton ! Marton !
                         [Chansons !
La gueuse reste aussi muette que poissons !
Que n'est-ce encor le temps des peines sans pareilles !
Oh ! te couler du plomb fondu dans les oreilles !
Te livrer toute nue à l'écartèlement !
Te cuire à petit feu, sur un gril, lentement,
Lentement, Saint Laurent féminin et moderne !
La laissa crever de faim dans une citerne ?
La croix ? Le chevalet ? Je sais des empalés
Qui ne s'amusaient pas... Foudre et tonnerre ! Allez !
La pendarde aura pris la poudre d'escampette !
Faussaire ! Puisse un coup d'épée ou d'escopette
T'escrabouiller ! (Criant :) Marton ?

MARTON.

Monsieur ! pardonnez-moi...

SCAPIN, *lui coupant toujours la parole.*

Enfin ! te voilà donc, chienne sans foi ni loi !

MARTON.

Monsieur ! pardonnez-moi, mon crime est effroyable,
Mais...

SCAPIN.

Contrefaire ainsi, par Jupin et le diable,
L'écriture de sa maîtresse ! Faire un faux !

MARTON.

Monsieur...

SCAPIN.

Non pas ! Rompez ! Tes pleurs nombreux et chauds
Me sont du moindre effet. Palsambleu, la friponne,
Qui ne se prendrait à ses regards de madone ?
Quel démon te poussa ?

MARTON.

Je voulais me venger.

SCAPIN.

Te venger ?

MARTON.

Oui, Scapin, avant de voyager
Devait m'épouser puis... Oh ! l'infâme !...

Sur de grands gestes furibonds de Scapin.

J'implore
Votre clémence !

SCAPIN.

Ouais ! Ouais ! Saperdieu ! La pécore
De malheur ! Que tu prends à point ton air contrit !
Ton conte est amusant et j'en goûte l'esprit !
Suivant toi « mons » Scapin, « pôvre », t'a délaissée !
Qui pourra jamais croire une billevesée
Semblable ! Quoi ! Vraiment ! Histoires à dormir
Debout ! Par la mordieu, Marton, tu peux frémir !
Ton affaire n'est pas fort nette — et tes sornettes...
Tu pourrais devant moi danser des pirouettes
Que je n'en serais pas plus ému ! Quoi ! Scapin,
Exquis comme une crême, exquis comme du pain,
D'un sens délicieux...

MARTON.

J'ignorais !

SCAPIN, vexé.

La pendarde !
Voyez ! Elle ignorait ! Par le ciel, il me tarde
De te voir cher payer ton forfait. N'as-tu pas
Remarqué ses façons et ses nobles appas ?
Ses gestes éduqués, son port, un port de reine,
Et de quel air galant et délicat il traîne
Ses grègues ?

MARTON.

Son seul air, c'est celui d'un fripon !

SCAPIN, furieux et fat.

Un fripon ! Têtebleu ! Connais-tu, vil jupon,

De quel être quasi génial tu me parles ?
D'un quelconque valet, Frontin, Lafleur... ou Charles,
Que tu médises, c'est parfait ! Mais du gratin
Des valets, celui qui fit perdre leur latin
Aux plus rusés maris, aux plus méfiants pères !
Celui-là qui... que... qui... Marton tu m'exaspères !
Tu n'es pas sans avoir entendu raconter
Son invention de la galère, et chanter
Sa louange à propos du sac ? Et les Gérontes,
Et les maris trompés ! Le Turc ? Sont-ce des contes ?
Va ! Va ! Ton injure est vaine et sa probité...

MARTON.

Monsieur, on dit qu'il n'en a pas.

SCAPIN.

L'absurdité !
Et s'il te plaît, qui dit cela ?

MARTON.

Mais tout le monde !

SCAPIN.

Le monde est, ma parole, un animal immonde !
Et du reste à quoi bon discuter plus longtemps.
Revenons plutôt à nos moutons ; tu prétends
Que Scapin...

MARTON.

Oui, monsieur, Scapin m'avait...

SCAPIN.

De l'ordre !

MARTON.

Promis...

SCAPIN, menaçant et tirant son épée.

Par le sangdieu ! Non ! Je n'en veux démordre !
Et je te punirai très copieusement !
Non ! Ne compte pas sur mon attendrissement.
Oui ! Tes yeux sont fort doux et ta bouche, gredine,
Est idéale avec sa rose incarnadine,
Et certe, il n'est saphir, émeraude ou béryl,
Pour valoir un baiser de cette fleur d'avril !

MARTON, caline.

Monsieur le commiss...

SCAPIN, furieux de plus belle.

Hors de là, chienne de race !
Va te faire lanlaire ! Et ne laisse de trace !

Devenant de plus en plus tendre.

Je te devrais cent fois livrer aux argousins.
Mais, par les cornes du Seigneur, par tous les Saints,
Par le Pape et Satan, j'ignore quelle espèce
De trouble aimable me retourne ainsi que pièce
De cent sols. Ta mine et ton charme gracieux
M'ensorcellent et me rendent audacieux.
L'instant est mal venu pour parler de la sorte,
Juste alors que je viens de te mettre à la porte ;
Mais l'amour ne choisit pas son temps. Je retiens
Ma rage débordante, et te pardonne. Tiens !
J'arrange ton affaire. Auparavant écoute.
Scapin (A part), — de tels propos que le parler me coûte ! —

(Haut). Scapin est un faquin de la pire façon,
Et qui ne méritait rien moins que ta leçon.

Prenant le menton de Marton.

Car la bouche est charmante et fraîche, une cerise !
Car les yeux sont d'azur, et la taille bien prise !
Le monstre peut ailleurs roucouler sa chanson.
Si tu l'as renvoyé, ce fut avec raison.
Rustre et fat, ce n'était, Marton, nullement l'homme
Qu'il te fallait !

MARTON.

Ah !

SCAPIN.

Non ! il est très laid en somme.

MARTON.

Ah !

Canaille !

SCAPIN.

MARTON.

Ah !

SCAPIN.

Menteur !

MARTON.

Ah !

SCAPIN, la tenant presque embrassée.

Si moi je t'offrais,

Au prix de beaucoup d'or et de mille coffrets
Remplis de perles et de rubis, et que sais-je,
De m'aimer !

MARTON, à part.

Que dit-il !

SCAPIN.

Nous irions en Norwège !
Où tu voudrais, en Chine, en Provence où fleurit
L'oranger, en Espagne, en Alger où sourit
Dans un ciel toujours pur un soleil toujours jaune !
Heureux ainsi que des majestés sur leur trône...
Il lui parle à l'oreille.
Nous cacherions à tous les regards nos amours.
Tes baisers seraient miens, et tes yeux de velours
Ne brilleraient plus que pour moi; l'or dans tes poches
Sonnerait plus joyeux que carillons de cloches !
L'amour serait pour nous sans secret. Nous aurions...
Même jeu que ci-dessus. Mouvement de recul de Marton.
Puis le printemps venu, dans les bois nous ferions...
Même jeu, plus marqué.
Pour celles d'un galant, mes moustaches sont grises;
L'on saurait largement payer. L'or que tu prises...

MARTON, irritée.

Halte-là ! Monsieur le commissaire ! Mes yeux
Vous ont-ils tout d'un coup rendu si furieux !
C'est fort drôle!(Prenant son épée,qu'il n'a cessé de tenir à la main,et la jetant au loin).
Allons ! oust ! Votre colichemarde
Est de trop, il me semble ! Ah ! Oui-dà ! La pendarde
De tout à l'heure, vous conviendrait maintenant
Comme... Non, jarnidieu ! Scapin n'est qu'un manant

Mais il n'oserait pas me parler de la sorte !
Vous, héros de mon cœur, suffit — ou que l'on sorte !
Vous m'avez pardonnée, et je ne vous crains plus !
Un amoureux ! Voyez le soupirant perclus !
Ah ! Vous m'aimez ? Parfait ! Mais un autre aussi m'aime !
Qui ? Le maraud fieffé ! Scapin ? Eh oui, lui-même !
Et je l'aime, voleur et menteur ! Je ne sais
Pourquoi, mais c'est ainsi ! Finissons-en ! Tous ces
Cris ne servent de rien ! Sire ! Voici la porte !
Tantôt, joli museau, le diable vous emporte,
Je tremblais devant vous en ma sotte stupeur.
Les rôles sont changés : je ris, vous avez peur !
Mon faux ? Après ? Et vous, capitan sans bedaine,
Si j'allais raconter votre sotte fredaine,
Et si je m'amusais à clamer aux échos,
Les aventures dont vous êtes le héros ?
Je crois que l'on rirait à gorge déployée.
Allons ! Ne craignez plus ! Je suis apitoyée
Par votre pauvre nez qui s'allonge — piteux !
Redressez-vous, cordieu ! Ne soyez plus honteux !
Non, je ne dirai rien ! Vous non plus par exemple.
Mais ne me parlez plus d'amour. Dans sa très ample
Cape qui sur son dos a si noble et bel air,
Je préfère Scapin ! Il ne porte pas fer
Au côté, le maraud ! N'empéche ! J'en suis folle...

SCAPIN, ôtant tout son déguisement.

Chère Marton !

MARTON.

Scapin !

SCAPIN.

Que douce est ta parole,
Tendre et réconfortante ! Et que je suis heureux,
Après tant de propos si souvent douloureux
A mon cœur, de te voir enfin jeter le masque !
Ainsi qu'un amoureux du pays bergamasque,
Je me suis déguisé pour atteindre mon but !
Je l'ai touché ! Qu'importe à présent ce qui fut !

Jetant dans la cheminée la lettre de Marton.

Oublions le passé ! Qu'il s'envole en fumée,
Comme ton fameux faux qui flambe, o Bien Aimée.
Les mauvais jours sont loin ! Le bonheur est à nous !
Et nous allons nous en griser comme deux fous !
L'avenir est couleur d'azur. Et la richesse
Peut-être un jour futur gonflera notre caisse !
Oh ! De quelle façon, en quel temps et comment
Elle viendra ? Que nous fait ? Un bon testament ?
Un gros lot ? Nous l'aurons, la fortune — et le reste !
Alors nous deviendrons rentiers — et malepeste,
Tu porteras rubans et plumes, et manteaux
Venant de chez le grand faiseur. Moi, mes chapeaux
Seront toujours luisants comme morceau de soie !
Nous nous enivrerons éperdûment de joie !
Et nous engraisserons : je deviendrai ventru
Comme un curé; j'aurai cet embonpoint congru
Qui sied tant aux bourgeois, pendant que frais et roses,
Autour de nous, les vieux, viendront ces fleurs écloses,

Les bébés, malins, gais, rieurs et triomphants,
Les chers petits Scapin, ma Marton, nos enfants !

MARTON, au public.

Mesdames et Messieurs, pardon ! je sens le rose
De la pudeur monter à mon front. De la prose
Certe aurait mieux valu que toutes ces chansons
Sans autre but que de faire tinter des sons,
Et ne rimant à rien bien que faites de rimes !
Nous avons dit des vers, oui des vers! bref nous rimes
Quand peut-être, qui sait, vous auriez désiré
Sangloter au récit pathétique et navré
De quelque premier rôle en un drame effroyable ?
Rendez aux accusés un verdict favorable !
Voyez Scapin, malgré ses airs de fanfaron,
Ses gestes de bravache et sa voix de clairon,
— La toile allant tomber sur la pièce finie, —
Qui tremble devant vous d'une crainte infinie !
Nous nous sommes grisés de vers — comme de vin !
De vers, ce nectar pur, idéal et divin !
Bah ! N'est-il plus permis de dire des folies
Alors que l'on est jeune et sans mélancolies,
Que c'est toujours l'Avril radieux et vermeil,
Que l'horizon est clair et flambe de soleil !

Rideau.